OWL IN A STRAW HAT

EL TECOLOTE DEL SOMBRERO DE PAJA

RUDOLFO ANAYA

ILLUSTRATIONS BY EL MOISÉS
SPANISH TRANSLATION BY ENRIQUE R. LAMADRID

MUSEUM OF NEW MEXICO PRESS
SANTA FE

OLLIE TECOLOTE lived in an apple orchard near Española. His home was a nest on top of an old adobe shed that belonged to the manager of the ditch, the *mayordomo* of the *acequia*. Ollie's *papá* and *mamá* had built their home on top of the shed. They loved living near the apple trees. Ollie loved horses, and there was a *ranchito* with horses across the road.

Papá Tecolote had found a white cowboy hat at the horse ranch, and he gave it to Ollie. He loved to wear it. When he went to play with his friends he was always showing off. "I'm the toughest dude in Río Arriba," he boasted. "Nobody messes with me!"

Every night Ollie and his parents flew high over the land. Ollie loved to fly at night with his parents. From up there Ollie could see the lights of Española. Farther away were the lights of Santa Cruz and Chimayó. Sometimes they could even see the lights of Santa Fe.

OLLIE TECOLOTE vivía en una arboleda de manzanos cerca de Española. Su hogar era un nido arriba de un jacal de adobe que pertenecía al mayordomo de la acequia. El papá y la mamá de Ollie habían construido su casa arriba del jacal. Les encantaba vivir cerca de los manzanos. Ollie amaba los caballos y había un ranchito con caballos al otro lado de la calle.

Papá Tecolote había encontrado un *cowboy hat* blanco en el rancho de caballos y se lo regaló a Ollie. Le gustaba mucho llevarlo. Cuando iba a jugar con sus amigos, siempre estaba *showing off*. "Soy el vato más animoso del Río Arriba," se jactaba. "¡Nadie se mete conmigo!"

Todas las noches Ollie y sus padres volaban muy alto sobre la tierra. A Ollie le encantaba volar en la noche con sus padres. Desde arriba Ollie podía ver las luces de Española. Más allá estaban las luces de Santa Cruz y Chimayó. A veces veían *the lights of* Santa Fe.

One August night when the owl family returned home they hadn't caught anything for supper. They went to bed hungry. In the morning Mamá Tecolote warmed tortillas and a bowl of *atole*, the blue cornmeal cereal Ollie loved.

Ollie ate and said, "Thank you, Mamá."

"You're welcome, *mi'jito*," Mamá said. "Papá and I are going to visit my *comadre* in Alcalde. You get ready for school."

"OK," Ollie said. Mamá kissed him.

"*Pórtate bien*," Papá Tecolote said. "Obey your teachers."

"I will," Ollie said and put on his cowboy hat. He tied it securely so it wouldn't fall off.

Una noche de agosto, cuando la familia de tecolotes volvió a casa, no habían cazado nada para la cena. Se acostaron con hambre. En la mañana, Mamá Tecolote calentó tortillas y una charola de atole, el cereal de harina de maíz azul que a Ollie le encantaba.

Ollie comía y dijo, "Gracias, Mamá."

"De nada, mi'jito," dijo Mamá. "Papá y yo vamos a visitar a mi comadre en Alcalde. Alístate para la escuela."

"Bueno," dijo Ollie. Mamá le besó.

"Pórtate bien," dijo Papá Tecolote. "Obedece a tus maestros."

"Seguro que sí," dijo Ollie y se puso su sombrero de vaquero. Se lo ató bien para que no se le cayera.

Ollie didn't feel like going to school. Instead he flew to the apple orchard to see his good friends Raven and Crow.

"I'm the meanest *vato* in Española," Ollie boasted. "Let's race!"

"I am!" Crow called. He wore a UNM baseball cap backwards. "No, I am!" Raven shouted. He wore a red bandanna around his head like a *cholo*.

They raced up into the blue sky and played tag and follow the leader. They chased away chicken hawks who entered their territory. Sometimes they swooped down and scared chipmunks and mice on the ground. When they got tired of messing around, they went to Crow's *casa* and played video games. Raven and Crow never went to school.

Ollie no quería ir a la escuela. Al contrario, voló a la arboleda para ver a sus buenos amigos, los cuervos Raven y Crow.

"¡Soy el vato más bravo en Española!" presumía Ollie. "¡A la carrera!"

"¡Yo soy!" chilló Crow. Llevaba una cachucha de béisbol de UNM al revés. "¡No, yo soy!" gritó Raven. El tenía un pañuelo colorado en su cabeza como un cholo.

De voladas subieron al cielo azul y jugaban el *tag* y *follow the* jefe. Corrían a los gavilanes que entraban su territorio. A veces volaban bajo y espantaban a los *chipmunks* y ratones en el suelo. Cuando se cansaban de vacilar, iban a la casa de Crow y jugaban *video games*. Los cuervos Raven y Crow nunca iban a la escuela.

Later that day Ollie secretly followed Sister Squirrel to her nest where she stored her acorns and *piñón* nuts. Ollie called his friends. "Hey! I know where we can get some snacks!"

"¡*Vamos*!" Raven and Crow responded. They were always ready for a free meal.

"This is better than *posole*," Ollie said as they ate the *piñones*.

"Better than *chicos*," Crow said.

"Better than a pot of fresh-cooked *frijoles*," Raven said. Just then Sister Squirrel came running. She scolded them. "You ate the nuts I stored for winter!" she cried. "Bad birds! ¡*Malcriados*! Go gather your own food for winter. You are like grasshoppers who play all summer and don't store food for winter. *Esos chapulines* will go hungry!"

Más tarde Ollie siguió secretamente a Hermana Ardilla a su nido donde almacenaba sus bellotas y piñones. Ollie llamó a sus amigos. "¡Oigan, yo sé donde podemos conseguir unos *snacks*!"

"¡Vamos!" respondieron Raven y Crow. Siempre estaban listos para comer gratis.

"Estos son mejores que el posole," Ollie dijo mientras comían los piñones.

"Mejores que los chicos," dijo Crow.

"Mejores que una olla de frijoles recién cocidos," dijo Raven. En ese momento vino corriendo Hermana Ardilla. Los regañó. "¡Ustedes se comieron las nueces que yo guardé para el invierno!" ella gritó. "¡Malos pájaros! ¡Malcriados! Vayan a juntar su propia comida *for the winter*. Ustedes son como los chapulines que juegan todo el verano y no guardan comida para el invierno. ¡Esos chapulines pasarán hambre!"

The following day the *mayordomo* and his *vecino* from the Pueblo of Nambé arrived to irrigate the apple orchard. They opened the *compuerta,* and water from the *acequia madre* rushed into the orchard. Shovels in hand, the two men went down the rows, making sure water was getting to all the trees.

Ollie saw the *mayordomo* leave a package of cigarettes on the hood of the *troca.* Ollie straightened his cowboy hat. "Hey, *amigos!*" He called Crow and Raven. "Let's have some fun!"

He flew down, grabbed the package, and took it to his friends. They smoked, and the cigarettes made them sick. When Crow flew away, he was so dizzy he flew right into a tree. His *cachucha* fell to the ground.

"I can do it!" Ollie shouted bravely, but when he tried to fly he tripped over a fence. "Ouch!"

"DWS," Raven croaked. "Dizzy While Smoking. Crazy *vatos*! Watch me!" But he was no better off. His bandanna caught in a tree branch, and for a while he just hung there.

Three sad homeboys went home for the day.

El siguiente día, el mayordomo y su vecino del pueblo de Nambé llegaron para regar la arboleda de manzanos. Abrieron la compuerta y el agua de la acequia madre corrió a la arboleda. Palas en mano, los dos hombres paseaban por las filas, asegurando que el agua llegaba a todos los *apple trees.*

Ollie vio al mayordomo dejar un paquete de cigarros en el *hood* de la troca. Ollie enderezó su *cowboy hat.* "¡Oigan, amigos!" llamó a Raven y Crow. "¡Vamos a vacilar!"

Bajó volando, agarró el paquete y se lo llevó a sus amigos. Fumaron y los cigarros les dio mareos. Cuando Raven salió volando, estaba tan atarantado que chocó contra un árbol. Su cachucha cayó al suelo.

"Yo lo puedo hacer," Ollie gritó con valor, pero cuando trató de volar, tropezó con un cerco. "¡Ay, ay!"

"DMF," graznó Raven. "*Dizzy* Mientras Fuma. ¡Vatos locos! ¡Mírenme!" Pero le iba igual. Su pañuelo quedó atrapado en una rama de árbol y por un tiempo quedó colgando.

Tres *homeboys* tristes fueron a casa por el día.

Ollie's parents had returned. "How was school?" Mamá Tecolote asked. Ollie didn't know what to say.

"Let me see your lesson for today," she said. She looked at his school notebook. The pages were blank. "Ollie," Mamá said. "You didn't do your homework."

"Sorry, Mom. I was busy."

Mamá was surprised. "Busy? Your teacher called and said you missed many school days. Where were you?"

"I guess I was playing with Raven and Crow."

Mamá frowned. "You can't be a wise owl if you don't study. Let's read the lesson together. Go ahead."

Ollie stared at the page. He couldn't read it.

Mamá was shocked. She called Papá. "Ollie can't read!" she exclaimed. "He's been skipping school!"

Los papás de Ollie habían vuelto. "¿Cómo fue la escuela?" Mamá Tecolote preguntó. Ollie no sabía qué decir.

"Déjame ver tus lecciones para hoy," ella dijo. Miró su cuaderno de escuela. Las páginas estaban en blanco. "Ollie," dijo Mamá. "Tú no hiciste tu tarea."

"Lo siento, Mamá. Estaba ocupado."

Se sorprendió Mamá. "¿Ocupado? Tu maestra llamó y dijo que has perdido muchos días de escuela. ¿En dónde andabas?"

"Creo que estaba jugando con los cuervos Raven y Crow."

Mamá frunció. "No puedes ser un tecolote sabio si no estudias. Vamos a leer la lección juntos. Sigue."

Ollie miró fijamente la página. No la podía leer.

Mamá quedó espantada. Llamó a Papá. "¡Ollie no puede leer!" exclamó. "¡Es que ha faltado a la escuela!"

Papá Tecolote got upset. "You should have been in school every day!"

"Maybe it's our fault," Mamá said. "We've been busy taking care of my sister in Santa Cruz. I can't believe a car hit her and broke her wing. Those crazy drivers think they own the road. Anyway, we haven't been checking his homework."

"What can we do?" Papá asked.

"Let's send him to study with Nana," Mamá answered. "She will teach him to read."

Ollie liked his parents' plan. Nana Tecolote was Ollie's *abuela*. She taught at Wisdom School. Ollie had to learn to read!

Ollie loved his grandmother. "I'm ready," he said. "How do I get there?"

"Go up State Road 76 and follow the signs," Mamá said. She put Ollie's black bow tie on him. "There, now you look like a student."

Papá gave Ollie three dollars. "You can buy tacos along the way. But don't fly. Walk so you learn the road to Nana's. Watch out for cars."

"Goodbye," Mamá said and kissed Ollie.

Crow and Raven were watching from a tree branch. They laughed when Ollie got kissed. "Let's follow him," Raven said.

"Wait!" Mamá said. She gave Ollie an apple and told him, "If you meet a stranger who tells you he is your friend, slice the apple in two. Make sure one part is bigger than the other. Offer the stranger the apple. If he takes the bigger part then he is not your friend. Stay away from him."

Ollie nodded and said goodbye. He felt very good about going to see his Nana. This was his first time going alone. He felt grown up as he set out on his new adventure.

Papá Tecolote se enojó. "¡Debes haber estado en la escuela todos los días!"

"Quizás sea nuestra culpa," dijo Mamá. "Hemos estado cuidando a mi hermana en Santa Cruz. No puedo creer que un carro le pegó y le quebró el ala. Esos *drivers* locos piensan que son dueños de la carretera. De todos modos no le hemos ayudado con sus tareas."

"¿Qué podemos hacer?" Papá preguntó.

"Vamos a mandarle a estudiar con la Nana," Mamá contestó. "Ella le enseñará a leer."

A Ollie le gustó el plan de sus padres. Nana Tecolote era la abuela de Ollie. Enseñaba en la Escuela del Buen Saber. ¡Ollie tenía que aprender a leer!

Ollie amaba su *grandma*. "Estoy listo," dijo. "¿Cómo llego para allá?"

"Sube la carretera del estado 76 y sigue los *signs*," dijo Mamá. Le puso su *bow tie* negro a Ollie. "Ahora sí pareces un estudiante."

Papá le dio tres pesos a Ollie. "Puedes comprarte tacos en el camino. Pero no vueles. Camina para que aprendas el camino a la casa de Nana. Cuidado con los carros."

"Adiós," dijo Mamá y besó a Ollie.

Raven y Crow miraban desde una rama. Se rieron cuando Ollie fue besado. "Vamos a seguirlo," dijo Raven.

"¡Espera!" dijo Mamá. Le dio una manzana a Ollie y le dijo, "Si te encuentras a un *stranger* que te dice que es tu amigo, parte en dos la manzana. Asegura que una mitad sea más grande que la otra. Ofrece la manzana al desconocido. Si toma la mitad más grande no es tu amigo. Apártate de él."

Ollie dijo sí con la cabeza y le dijo adiós. Se sentía muy bien ir a ver a su Nana. Esta era la primera vez que se iba solo. Se sentía grandecito cuando comenzó su nueva aventura.

Ollie walked up the road and arrived at a ditch. A lovely red fox stood near the bridge. "Hello, cowboy," said Gloria la Zorra. "Where are you going today?"

"I'm going to see my Nana. She teaches at Wisdom School," Ollie replied. He looked at the sign. It said, **FREE BRIDGE**. He wondered what it meant.

"What does it say?" Ollie asked.

Gloria la Zorra realized Ollie couldn't read. Maybe it was time to make some money. "It says it will cost you a dollar to get across."

Ollie gave her a dollar.

Zorra smiled and put on some lipstick. "See you later, alligator," she said. "Remember, on your way back you need a dollar to cross." She ran off to buy ice cream.

Ollie siguió el camino arriba y llegó a una acequia. Una hermosa zorra colorada estaba cerca del puente. "Hola, vaquerito," dijo Gloria la Zorra. "¿Adónde vas hoy?"

"Voy a ver a mi Nana. Enseña en la Escuela del Buen Saber," contestó Ollie. Miró el letrero. Decía, **PUENTE LIBRE.** Se preguntaba lo que quería decir.

"¿Qué dice?" preguntó Ollie.

Gloria la Zorra se dio cuenta que Ollie no sabía leer. Quizás era tiempo para hacer dinero. "Dice que te cuesta un peso pasar al otro lado."

Ollie le dio un peso.

Sonrió la Zorra y se puso su *lipstick.* "Ahi te wacho, cocodrilo," ella dijo. "Acuérdate, cuando vuelves te costará un peso pasar." Ella se fue a comprar un helado.

Ollie walked on and came to a weathered sign: **THIS WAY TO WISDOM SCHOOL.** Trickster Coyote was standing nearby. "Which road do I take to Wisdom School?" Ollie asked.

"Read the sign," Coyote said.

"I can't read," Ollie said.

Coyote licked his lips. He was hungry, and this poor little owl couldn't read.

"It says, 'Follow me,'" Coyote answered. "For a dollar I'll take you there."

Ollie gave the trickster a dollar and followed him up the road to Coyote's *cueva*. If Ollie went into the cave there was no way out.

Just before they entered the cave, Crow and Raven came diving down, pecking at Coyote's head.

"Ouch! ¡*Ay, ay, ay!*" Coyote cried and danced around. Crow and Raven kept pecking at his head.

"Run, Ollie!" they shouted.

Ollie ran and Coyote chased him. Just as he was about to grab Ollie, Sister Squirrel ran into Coyote's feet and tripped him. Coyote fell face down in a mud puddle. He couldn't see a thing. Ollie got away.

Ollie siguió caminando y llegó a un letrero borroso: **ESTE ES EL CAMINO A LA ESCUELA DEL BUEN SABER.** El pícaro del Coyote se paraba cerca. "¿Cuál es el camino a la Escuela del Buen Saber?" preguntó Ollie.

"Lee el letrero," dijo Coyote.

"No sé leer," dijo Ollie.

Coyote lamía los labios. Tenía hambre y este pobre tecolotito Ollie no sabía leer.

"Dice, 'Sígueme a mí,'" contestó Coyote. "Por un peso te llevo allí."

Ollie le dio al pícaro un peso y lo siguió por el camino a la cueva de Coyote. Si Ollie entrara la cueva, no habría salida.

Justo antes que entraron la cueva, los cuervos Raven y Crow vinieron volando, picando la cabeza de Coyote.

"¡Ay, ay, ay! *Ouch!*" gritó Coyote mientras bailaba. Los cuervos siguieron picando su cabeza.

"¡Corre, Ollie!" gritaron.

Ollie corrió y Coyote lo siguió. Al punto de agarrar a Ollie, Hermana Ardilla se dio contra las patas de Coyote y tropezó. Coyote cayó boca abajo en un charco de zoquete. No podía ver nada. Se escapó Ollie.

"¡*Gracias, amigos*!" Ollie called.

"*De nada*, you're welcome. ¡*Cuidado, amigo*!" they cried as they flew away.

Ollie continued on his journey. A few miles down the road he met Luis Lobo, a hungry wolf. He was standing by the side of the road holding a paper that read, "How to Build a House."

"Howdy, friend," Lobo greeted Ollie. "Where are you headed?"

"I'm going to Chimayó to see my Nana," Ollie replied. "She teaches at Wisdom School."

"You're just the man I want to see," Lobo said, puffing on his cigar and slapping Ollie on the back. Lobo was a used car salesman, but today he had a plan to catch the Three Little Pigs.

The cigar smoke made Ollie cough.

"You see this here paper," Lobo said.

"Yes," Ollie said, "but I can't read."

"¡Gracias, amigos!" Ollie cantó.

"De nada, de nada. ¡Cuidado, amigo!" gritaron al volarse.

Ollie continuó su viaje. En unas millas más por el camino encontró a Luis Lobo, un lobo hambriento. Estaba parado al lado del camino con un papel en la mano que decía, "Cómo construir una casa."

"¿Qué hubo, amigo?" Lobo saludó a Ollie. "¿Adónde vas?"

"Voy a Chimayó para ver a mi Nana," contestó Ollie. "Ella enseña en la Escuela del Buen Saber."

"Eres justamente la persona que quería ver," dijo Lobo, soplando su cigarro y dándole palmas en la espalda a Ollie. Lobo antes fue vendedor de carros usados, pero hoy tenía un plan para agarrar a los Tres Marranitos.

El humo del cigarro hacía toser a Ollie.

"Ve este papel," dijo Lobo.

"Sí," dijo Ollie, "pero no sé leer."

Lobo grinned. "It says, 'How to Build a House.' Buy one." He put his arm around Ollie's shoulder like a long lost friend.

"But I don't need a house. I live with my parents in the *mayordomo*'s orchard."

"Aha!" Lobo cried. "Haven't you heard of the Three Little Pigs? They are building houses soon. You can help by giving them these plans."

He stuck his hand in Ollie's pocket, pulled out Ollie's last dollar, and handed him the house plan.

"There you are—your good deed for the day! Come with me and we'll go see the Three Rascals—I mean the Three Little Pigs."

Ollie had a strange feeling. Things weren't quite right. Should he trust Lobo?

"First let's eat this apple," Ollie said and took the apple from his pocket.

Lobo smacked his lips. "Good idea."

Ollie sliced the apple, making sure one part was bigger. When he offered the slices, Lobo grabbed the bigger one and swallowed it in one gulp.

Ollie knew Lobo was not to be trusted. "I can't go with you," Ollie said. "I have to go see my *abuelita*."

"*¡Abuelita!*" Lobo exclaimed. "That reminds me! I have to go see Little Red Riding Hood and her grandma." He howled and headed for Little Red Riding Hood's *casa*.

Ollie continued down the road. He came to a sign that read, **TURN LEFT TO WISDOM SCHOOL**. Ollie couldn't read the sign, so he turned right and fell into the river.

"Help!" Ollie cried. "*¡Ayuda! ¡Ayuda!*" He got into his hat and drifted down the river. Some ducks nearby heard his cry and swam toward him. Together they helped Ollie out of the water.

"*¿Qué pasó?*" one asked. "How did you fall in the river?"

Ollie didn't want to tell them he couldn't read. "*Gracias*," he whispered.

"Good thing you had a raft," the ducks said. They thought the cowboy hat was a raft, and it had saved him. They knew a wet owl couldn't fly.

Ollie looked at his wet, crumpled hat. He was sorry, but he couldn't wear it. With a sigh he placed it near a log. Maybe someday a family of mice would use it for a home. Ollie's Papá had taught him to recycle. "Nature recycles everything," he told Ollie. "Tree leaves and rotten apples fall to the ground and make good earth."

Now that he wasn't wearing a hat, the hot sun burned Ollie's head. But finally he had arrived safely in Chimayó. He walked past El Santuario and then to Nana's house. She was

Con una sonrisa abierta Lobo dijo, "Dice, '*How to build una casa*.' Cómprate uno." Puso el brazo sobre el hombro de Ollie como un viejo amigo perdido.

"Pero no necesito una casa. Yo vivo con mis padres en el *orchard* del mayordomo."

"¡Aaaah!" gritó Lobo. "¿No has oído de los Tres Marranitos? Pronto van a construir casas. Puedes ayudar si les das estos planes."

Puso la mano en el bolsillo de Ollie, sacó el último peso de Ollie y le dio el plan para la casa.

"¡Ahi lo tienes—tu buena obra para hoy! Vente conmigo y veremos a los Tres Vacilones, digo los Tres *Pigs* Pequeños."

Ollie tuvo una sensación extraña. No estaban bien las cosas. ¿Debía de confiar en Lobo?

"Primero vamos a comer esta manzana," dijo Ollie y sacó la manzana del bolsillo. Lobo *licked his* labios. "Buena idea."

Ollie cortó la manzana, asegurando que una mitad era más grande. Cuando le ofreció los pedazos a Lobo, agarró el grande y se lo tragó de una vez.

Ollie sabía que no podía confiar en Lobo. "No puedo ir contigo," dijo Ollie. "Tengo que ir a ver a mi *grandma*."

"¡Abuelita!" exclamó Lobo. "¡Eso me recuerda! Tengo que ir a ver a Caperucita Roja y su abuelita." Aulló y se fue hacia la casa de la pequeña *Red Riding Hood*.

Ollie siguió caminando por el camino. Llegó a un letrero que decía, **VUELTA A LA IZQUIERDA A LA ESCUELA DEL BUEN SABER.** Como Ollie no podía leer el letrero, hizo un *right turn* y se cayó en el río.

"¡Socorro, auxilio!" gritó Ollie. "¡Ayuda! *Help me!*" Se metió en el sombrero y bajó flotando en el río. Unos patos por allí oyeron su gritó y nadaron hacia él. Juntos le ayudaron a Ollie a salir del agua.

"¿Qué pasó?" uno preguntó. "¿Cómo te caíste en el río?"

Ollie no quería decirles que no podía leer. "Gracias," suspiró.

"Qué bueno que tuvieras una balsa," dijeron los patos. Pensaron que el *cowboy hat* era una balsa y lo había salvado. Sabían que un tecolote mojado no podía volar.

Ollie miró su sombrero mojado y arrugado. Le daba pena, pero no lo podía usar. Con un suspiro lo puso al lado de un tronco. Quizás algún día una familia de ratones lo podría usar para casa. El papá de Ollie le había enseñado a reciclar. "La naturaleza hace *recycle* todo," le dijo a Ollie. "Las hojas de los árboles y las manzanas podridas caen al suelo y hacen buena tierra."

Ahora que no llevaba un sombrero, el sol caliente quemó la cabeza de Ollie. Pero al final llegó sano y salvo a Chimayó. Caminó por el Santuario y entonces a la casa de

in the garden watering her *milpa de maíz* and her *huerta de chile*. With a *pala* she turned the *acequia* water down the rows. "Hello, Nana," Ollie called.

Nana was surprised. "Ollie, *hijito*. I'm so glad to see you. *Qué gusto me da.*" She hugged him. "But you look tired and worn out. Here, let me straighten your bow tie. And you have no hat. *¿Qué te pasó?*"

"I lost my hat," was all Ollie could say.

"Well, I have a hat for you." She took down a straw hat that was hanging from a branch of an apple tree. She placed the hat on Ollie's head.

"This hat belonged to your *abuelo*. He left it hanging there the day he went to heaven. He was the best farmer in all of Chimayó."

"Gracias, Nana. It fits just right."

"The weather is getting warmer every year," she said. "We have to take care of the water. Long, long ago our ancestors built these *acequias*. Without these ditches we could not grow our food."

"I will help you take care of the water and the garden," Ollie said.

Nana. Estaba en el jardín regando su milpa de maíz y su huerta de chile. Con una pala echaba el agua de la acequia por los surcos. "Hola, Nana," cantó Ollie.

Nana se sorprendió. "Ollie, hijito. Estoy tan alegre de verte. Qué gusto me da." Lo abrazó. "Pero te miras tan cansado y agotado. Mira, déjame enderezar tu bow tie. Y no tienes sombrero. ¿Qué te pasó?"

"Perdí mi sombrero," era todo lo que Ollie podía decir.

"Entonces yo tengo un sombrero para ti." Bajó un sombrero de paja que colgaba de la rama de un manzano. Puso el sombrero en la cabeza de Ollie.

"Este sombrero era de tu abuelo. Lo dejó colgando el día que se fue al cielo. Fue el mejor ranchero de todo Chimayó."

"Gracias, Nana. Me queda muy bien."

"El tiempo se hace más caliente cada año," dijo Nana. "Tenemos que cuidar el agua. Hace muchos, muchos años nuestros antepasados hicieron estas acequias. Sin ellas no podríamos cosechar nuestra comida."

"Yo le ayudaré a cuidar el agua y el jardín," dijo Ollie.

"I know you will," Nana said.

"My parents sent me to learn to read and grow wise."

"Good," Nana replied. "But tell me, who did you meet on the road?"

"I met pretty Gloria la Zorra and paid her a dollar to cross the bridge."

Nana knew the *puente* at the ditch was free.

"I met Trickster Coyote and gave him a dollar to show me how to get here."

Nana realized Coyote had tricked Ollie into giving him a dollar.

"I met Luis Lobo and bought a plan to help the Three Little Pigs build their homes." He showed Nana the paper.

Nana read the house plan. It said the Three Little Pigs should build three straw houses.

"This isn't right!" she exclaimed. "Lobo wants to trick the little pigs. He wants them to build straw *casas* so he can blow them down. Quick! Run to the Three Little Pigs' *ranchito* and tell them they must build *adobe* houses. He can't blow those down!"

"Sé que lo harás," dijo Nana.

"Mis papás me mandaron aquí para aprender a leer y hacerme sabio."

"Bien," respondió Nana. "Pero dime, ¿a quiénes conociste en el camino?"

"Conocí a la bonita Gloria la Zorra y le pagué un peso para cruzar el puente."

Nana sabía que el puente en la acequia era gratis.

"Conocí al pícaro del Coyote y le di un peso para enseñarme cómo llegar aquí."

Nana se dio cuenta que Coyote había engañado a Ollie a darle un peso.

"Conocí a Luis el Lobo y compré un plan para ayudar a los Tres Marranitos a construir sus casas." Le mostró a Nana el papel.

Nana leyó el plan de casa. Decía que los *Three Little Pigs* debían de hacer casas de paja.

"¡Esto no es propio!" ella exclamó. "Lobo quiere engañar a los marranitos. Quiere que hagan casas de paja para que las pueda soplar. ¡Rápido! Corre al ranchito de los Tres Marranitos y diles que tienen que hacer casas de adobe. ¡Esas no las puede destruir soplando!"

Ollie hurried to their *ranchito*. "Hi, *¡amigos!*" he called.

"Hi, Ollie," they greeted him. "What are you doing here?" the eldest little pig asked.

"Nana sent me. Did you see Lobo yet? He wanted me to give you these bad house plans."

The little pigs shivered and looked at the house plans. They were afraid of the hungry wolf. "Aren't straw houses safe?" one asked.

"No, no," Ollie said. "Nana said the houses must be built of *adobes*. That way Lobo can't blow them down!"

"That's a great idea," the little pigs said. "*Muchas gracias*, Ollie." They ran off to make *adobes*.

"*De nada*," Ollie replied.

Later, when Lobo tried to catch the little pigs, they hid in their *casas de adobe*. He couldn't blow them down.

"You saved the little pigs," Nana said. She was proud of her *nieto*.

"I was tricked by Zorra, Coyote, and Lobo because I don't know how to read," Ollie said sadly. "And I didn't even get to buy any tacos."

Ollie se apuró al ranchito. "¡Hola, amigos!" cantó.

"Hola, Ollie," le saludaron. "¿Qué haces por aquí?" preguntó el marranito mayor.

"Nana me mandó. ¿No han visto al Lobo todavía? Quería que les diera estos planes malos para casas."

Temblaron los marranitos y miraron los planes. Tenían miedo del Lobo con hambre. "No están seguras las casas de paja?" uno preguntó.

"No, no," dijo Ollie. "Nana dijo que las casas tenían que ser de adobes. ¡Así Lobo no las puede soplar para abajo!"

"Es una buena idea," dijeron los marranitos. "Muchas gracias, Ollie." Corrieron para hacer adobes.

"De nada," respondió Ollie.

Después, cuando Lobo trató de agarrar los marranitos, se escondieron en sus casas de adobe. No las podía soplar.

"Salvaste a los marranitos," dijo Nana. Tenía orgullo de su nieto.

"Zorra, Coyote y Lobo me engañaron porque no sé cómo leer," Ollie dijo con mucha pena. "Y ni podía comprarme unos tacos."

"I'll make you some tacos," Nana said. "After lunch we'll start on your first reading lesson. Someday you'll be able to read important papers like the Declaration of Independence and the Treaty of Guadalupe Hidalgo. We will study Po'pay's liberation speech of 1680, and Martin Luther King Jr.'s 'I Have a Dream' speech."

Ollie shook his head. "I don't know if I can do it," he cried.

"Yes, you can," Nana said. "It takes time, but you can learn to do anything. Look, here comes your cousin Randy Roadrunner."

Randy cruised up in the most beautiful cherry red lowrider car Ollie had ever seen. The car horn sounded a loud "Beep! Beep!"

"Howdy, *primo*," Randy said from behind dark sunglasses and a red fedora.

"Hi," Ollie barely answered.

"Hey, why so blue?"

"I'm starting school, and there's too much to learn, and I can't read," Ollie said. "I can't do it."

"Yo te hago tacos," dijo Nana. "Después de comer comenzamos con tu primera lección de lectura. Algún día podrás leer papeles importantes como el *Declaration of Independence* y el Tratado de Guadalupe Hidalgo. Estudiaremos el discurso de liberación que dio Popé en 1680 y el *speech* 'Tengo un sueño' de Martin Luther King Jr."

Ollie meneó la cabeza. "No sé si lo puedo hacer," lloró.

"Sí, tú puedes," Nana dijo. "Toma tiempo, pero puedes aprender a hacer cualquier cosa. Mira, aquí viene tu primo Randy Correcaminos."

Randy llegó en el más hermoso *lowrider* color colorado de cereza que Ollie había visto. El pito sonó con un fuerte "¡Bip, *beep*!"

"¿Qué hubo, primo," dijo Randy detrás de sus *shades* oscuros y sombrero colorado.

"Hola," Ollie contestó tímidamente.

"¿Por qué tan triste?"

"Estoy comenzando la escuela y hay demasiado para aprender y no puedo leer," dijo Ollie. "No lo puedo hacer."

"*Primo*, let me tell you a story," Randy said. "I couldn't read when I came to school. Nana taught me to read. I read all the time, and it made me smarter. I majored in business, and now I own the best lowrider shop in Española. Lowriders from all over Río Arriba come to have their cars painted and customized."

"And don't forget Sister Sparrow," Nana said. "She took nursing classes and now she helps little birds learn how to fly. Sara Swallow majored in engineering and now helps other swallows build better mud nests so rain can't wash them away. Brother Robin learned about computers and now works at Los Alamos National Laboratory. Sister Blue Jay works for the Santa Fe Film Festival."

"School was good for all of us," Randy said. "It will be good for you."

"Yes," Ollie said. "I can try it!"

"I believe in you, cuz," Randy said. "I'm off to take young roadrunners to the gym." He cruised away low and slow, honking, "Beep! Beep!" and frightening a family of quail crossing the road.

"Why do they go to the gym?" Ollie asked Nana.

"It's like this," she said. "The young roadrunners are eating junk food at the fast food places. They can't run faster than cars on the road. That's very dangerous. Randy takes them to the gym to exercise and play basketball."

"What a great idea!" Ollie exclaimed.

"Yes," Nana said. "We help each other. Our school motto is '*Sí, se puede*.' Yes, you can. You start one step at a time. I will be your guide."

Ollie felt encouraged. "Thank you, Nana. I want to learn to read so I can have a good job. Just like the other students."

"You can do whatever your heart desires."

"¡*Sí, se puede*!" Ollie exclaimed.

"We will read all kinds of books, *cuentos* our ancestors told, stories from the past and from the present. And I'll teach you to *regar* the garden. *Agua es vida*. Water is life. Without it we could not survive. The earth is *madre tierra*, our mother. Earth and water give us chile, corn, *calabacitas*, apples, and pears. Water and earth teach us wisdom."

Ollie gave Nana a high five. "OK, I'm ready!" he said.

"Yes, you are," Nana said. "Now help me finish *regando*. Then we can start your reading lessons."

Ollie picked up a shovel and saw how his Nana turned the water down the rows. He stirred the wet earth with his shovel. He felt he had arrived where he belonged.

"I really like it here!" Ollie exclaimed.

"This is your *querencia*," Nana said. "You are home in Chimayó."

"I wish I had come here long ago," Ollie said.

"Primo, déjame contarte un cuento," dijo Randy. "Yo no podía leer cuando llegué a la escuela. Nana me enseñó a leer. Leía todo el tiempo y me hizo más inteligente. Saqué mi título en negocios y ahora soy dueño del mejor taller de carros bajitos de Española. Los *lowriders* de todo Río Arriba llegan para pintar y especializar sus carros."

"Y no se te olvide la Hermana Gorriona," dijo Nana. "Ella tomó clases de enfermería para ser nodriza y ahora ayuda a los pajaritos tiernos a volar. Sara Golondrina especializó en ingeniería y ahora ayuda a las golondrinas a hacer mejores nidos de zoquete para que la lluvia no se los hace derretir. Hermano *Robin* aprendió de *computers* y ahora trabaja en el Laboratorio Nacional en Los Álamos. Hermana Piñonera trabaja para el Festival de Cine de Santa Fe."

"La escuela nos ayudó a todos nosotros," dijo Randy. "Será bueno para ti."

"Sí," dijo Ollie. "Yo lo puedo probar."

"Yo creo en ti, primo," dijo Randy. "Ya me voy para llevar a los pequeños correcaminos al gimnasio." Él salió bajito y despacito, pitando, "¡Bip, *beep*!" y asustando una familia de codornices cruzando el camino.

"¿Por qué van al *gym*?" Ollie le preguntó a Nana.

"Es así," le dijo. "Los correcaminos jóvenes están comiendo comida mala en los lugares de *fast food*. Ya no pueden correr más rápido que los carros. Eso es muy peligroso. Randy los lleva al gimnasio para hacer ejercicio y jugar básquetbol."

"¡Qué buena idea!" Ollie exclamó.

"Sí," dijo Nana. "Nos ayudamos. El *motto* de nuestra escuela es 'Sí, se puede.' Se comienza con un paso a la vez. Yo seré tu guía."

Ollie se sintió animado. "Gracias, Nana. Quiero aprender a leer para que tenga buen trabajo. Como los otros estudiantes."

"Puedes hacer lo que tu corazón desea."

"¡Sí, se puede!" aclamó Ollie.

"Leeremos todo tipo de libros, historias que contaban nuestros antepasados, cuentos del pasado y del presente. Y te enseño a regar el jardín. El agua es vida. Sin ella no podemos sobrevivir. La tierra es la madre, *our mother*. La tierra y el agua nos dan el chile, el maíz, las calabacitas, las manzanas y peras. El agua y la tierra nos enseñan sabiduría."

Ollie le dio a Nana un *high five*. "¡Bueno, ya estoy listo!" dijo.

"Sí, estás," dijo Nana. "Ahora ayúdame a terminar de regar. Entonces podemos comenzar tus lecciones de lectura."

Ollie levantó una pala y vio como su Nana echaba el agua por los surcos. Batía la tierra mojada con su pala. Sentía que había llegado a donde pertenecía.

"¡Me gusta mucho aquí!" dijo Ollie.

"Esta es tu querencia," dijo Nana. "En Chimayó estás en casa."

"Ojalá hubiera venido hace mucho tiempo," dijo Ollie.

"It's never too late," Nana said. She pointed up at the gigantic New Mexico clouds that were forming over the Chimayó Valley. "The Cloud People will bring rain," she said. "Rain is good for the *jardín*."

"*Agua es vida*," Ollie said.

Nana smiled and looked into Ollie's eyes. "Yes," she said softly. "In a few years you will be ready to fly away and make your future."

Ollie felt in his heart that he was home. He hugged his Nana and said, "Thank you, Nana. I'm ready to learn to read."

"Nunca es demasiado tarde," dijo Nana. Señaló las gigantescas nubes de Nuevo México que estaban formando sobre el valle de Chimayó. "La Gente de las Nubes traerá la lluvia," ella dijo. "La lluvia es bueno para el jardín."

"El agua es vida," dijo Ollie.

Nana se sonrió y miró a Ollie en los ojos. "Sí," dijo tranquilamente. "En algunos años estarás listo para volar y hacer tu propio futuro."

Ollie sentía en su corazón que estaba en su hogar. Abrazó a su Nana y dijo, "Gracias, Nana, estoy listo para aprender a leer."

Glossary

abuela: grandmother

abuelo: grandfather

acequia: water canal, ditch for distributing water to fields and orchards

acequia madre: mother ditch, main ditch

adobe: sun-dried mud brick

agua es vida: water is life

amigo: friend

atole: blue cornmeal drink, usually served warm

ayuda: help

cachucha: cap

calabacitas: squash, zucchini

casa: house/home

chicos: corn roasted in *horno*, then dried

cholo: cool young man

comadre: name by which godparents address the mother of their godson or goddaughter

compuerta: gate to open the *acequia*

cuentos: stories

de nada: you are welcome

esos chapulines: those grasshoppers

frijoles: beans

huerta de chile: chile garden

jardín: garden

lobo: wolf

madre tierra: mother earth

malcriados: bad boys

mamá: mom/mother

mayordomo: manager of *acequia* water distribution

mi'jito (mi hijito): my little son

milpa de maíz: cornfield

nana: mother or grandmother; a term of endearment

nieto: grandson

¡Órale!: Hey!, What's up!, Right on!

pala: shovel

papá: dad/father

piñones: nuts from a piñón tree, pine nuts

posole: corn and meat stew

pórtate bien: behave

primo: cousin

puente: bridge

qué gusto me da: I am so happy

querencia: home place

¿Qué pasó?: What happened?

¿Qué te pasó?: What happened to you?

ranchito: little ranch

regando: irrigating

regar: to irrigate

Río Arriba: upriver, geographical designation of northern New Mexico, a New Mexico county

El Santuario (de Chimayó): New Mexico church known for its healing earth and as a pilgrimage site

sí, se puede: yes, you can

taco: folded corn tortilla with meat filling

tecolote: owl

tortilla: flatbread made from flour or corn

troca: truck

vamos: let's go

vato: guy, dude

vecino: neighbor

zorra/zorro: fox

Author's Note

I dedicate this book to the children of New Mexico and children everywhere who love to read books. It is also dedicated to the Montalvo family from Chimayó and Córdova. They saw the need for children in northern New Mexico to continue reading during the summer months. With the help of family, friends, and parents they initiated the Rudolfo Anaya Summer Reading Program, 2016.

Christopher Montalvo, the son of Michael and Mary Rose Montalvo, was an avid reader and a fan of my work. In his memory, a scholarship for students has been endowed at Northern New Mexico College in Española. Contributions to the fund are welcomed.

In its first year, the program encouraged a love of reading in dozens of young readers. Hundreds of books were read, inspiring children to become lifelong readers. Each child kept a record of books read, and at the end of the summer, prizes were awarded. Governor Susana Martinez proclaimed September 29, 2016, "Rudolfo Anaya Summer Reading Program Celebration Day."

I wrote *Owl in a Straw Hat* to remind children that reading skills are a necessity in life and to encourage parents to take an active role in teaching reading. The program's first year was a great success, and plans are under way to keep it going. So many beautiful things can be accomplished when a community gets together to help its young people.

Thanks to the Los Alamos National Security, LLC, and the Community Partnership Office for their help in procuring books and materials for the Rudolfo Anaya Summer Reading Program. Thanks to the Museum of New Mexico Press for publishing *Owl in a Straw Hat*, and also to the UNM Center for Regional Studies for their support of this book. Thanks also to the University of New Mexico Press and other presses who publish bilingual books for our young readers.

Children's books often entail working with illustrators. I am thankful to have worked with some of the best artists in New Mexico. I thank El Moisés for bringing Ollie to life with his fantastic artwork.

Translator's Note

We have used frequent "code switching" between Spanish and English in both versions of *Owl in a Straw Hat/El Tecolote del sombrero de paja* because it is a unique feature of everyday speech in New Mexico. It is definitely not *"mocho"*—substandard—Spanish or English, nor deficient in any way. Linguists inform us that code switching involves highly structured grammar and syntax and that it is not random or provisional. Code switching, italicized throughout both versions of the story, is used as a pedagogical strategy to teach young readers English and Spanish equivalents. It also serves to break down what linguists call "affective filters," those mixed feelings that get in the way of learning. To truly learn another language, you have to fall in love with it. Code switching can banish feelings of deficiency and mitigate language trauma. Young readers feel comfortable reading what they hear and what they can understand!

—Enrique R. Lamadrid

Director: Anna Gallegos
Editorial director: Lisa Pacheco
Art director and book designer: David Skolkin
Composition: Set in Avenir
Manufactured in the United States
10 9 8 7 6 5 4 3 2 1

Library of Congress Cataloging-in-Publication Data
is available from the publisher upon request.

ISBN 978-0-89013-630-0 hardcover
ISBN 978-0-89013-631-7 e-book

Museum of New Mexico Press
PO Box 2087
Santa Fe, New Mexico 87504
mnmpress.org